Suzanne Duarig
Mathilde Denanot

Nous, les **enfants** de 1980

De la naissance à l'âge adulte

Éditions Wartberg

Mentions légales

Crédits photographiques :

Archives personnelles, p. 4-5, 8b, 9, 10-12, 16, 18-22, 23h, 24, 26, 28, 31-32, 34-37, 40, 42h, 44-46, 48b, 50, 53, 55, 58-59, 62-63.
© Picture-alliance / dpa, p. 13, 27, 29, 49, 52, 57 ; Picture-alliance / maxppp, p. 6 ; Picture-alliance / KPA, p. 8h, 17, 25, 30, 38, 43, 54 ; Picture-alliance / Photoshot, p. 14, 48h ; Picture-alliance / Mary Evans Picture Library, p. 39 ; Picture-alliance / empics, p. 42b ; Picture-alliance / dpa / epa, p. 51 ; Picture-alliance / Offside, p. 56 ; Picture-alliance / dpa - Fotoreport, p. 60.
© Ullstein bild – Virginia, p. 23b ; Ullstein bild – Wodicka, p. 41 ; Ullstein bild – united archives, p. 47.
© Roger-Viollet, p. 7 ; Daniel Lebée / Musée Carnavalet / Roger-Viollet, p. 33.

Nous remercions tous les ayants droit pour leur aimable autorisation de reproduction.
Dans le cas où l'un d'eux n'aurait pu être joint, une provision de droits est prévue.

4e édition, 2013

40, rue de l'Échiquier
75010 Paris

Un département de
Wartberg Verlag GmbH & Co. KG.
Im Wiesental 1
34281 Gudensberg-Gleichen
Allemagne

Conception graphique : Ravenstein & partenaires, Verden.
Imprimé en Allemagne sur les presses de Thiele & Schwarz, Kassel.

ISBN : 978-3-8313-2580-1

Préface

Chers enfants de 1980,

« Je parie sur l'homme, pas sur Dieu », écrivait Sartre, mort en 1980, l'année de notre naissance.

Nés en 1980, nous ne parions quant à nous ni sur l'homme, ni sur Dieu. Nous grandissons freinés dans nos espoirs, refroidis dans nos élans, dégrisés avant même d'avoir connu l'ivresse. « Crise », « chômage » et « précarité » sont les mots qui bercent notre enfance, puis notre adolescence. La « génération Mitterrand » de Jacques Séguéla, « génération désenchantée » pour Mylène Farmer, avance au rythme cher aux Sex Pistols en sifflotant « No Future ».

Considérés comme des enfants rois, nous n'héritons pourtant pour tout siège que d'une triste Babylone. Et les médias de pester contre cette génération – la nôtre – qui ne croit plus en rien et qui ne sait même pas se rebeller. Se révolter, oui, mais contre quoi ? Contre « l'ensemble du tout » ? À une époque où le bac + 5 fait loi, nous n'avons tout bonnement pas le temps de « foutre le monde en l'air ». Ce n'est pas faute d'en avoir envie, mais regimber est un luxe que nous ne pouvons pas nous permettre dans l'immédiat. Nous nous insurgerons quand nous aurons nos diplômes, quand nos tempes commenceront à grisonner, quand les poules auront des dents.

Notre époque voit consacrée la primauté des moyens sur les fins. Ironie du sort, nous devenons les pions désargentés d'une société qui nous met à l'épreuve de toutes les tentations. Consommateurs patentés, nous dilapidons notre argent de poche en CD deux titres, chaîne Hi-Fi, Discman, Super Nintendo et autres Rollerblade dernier cri. Plus tard, nous serons les premiers à réclamer téléphone portable et accès Internet, éléments devenus indispensables à l'épanouissement personnel.

Qu'à cela ne tienne, les pollueurs sont les payeurs, et nos parents gardent longtemps à domicile leurs encombrants Tanguy, surnuméraires mais indéboulonnables, dépensiers mais sans le sou, désillusionnés mais sans rancune. Notre enfance nous est très chère, car elle est notre âge d'or. Nous y sommes indéfectiblement attachés et restons fidèles à nos héros d'hier : Astro, Sonic, Gadget et tous les autres. La menace d'un avenir incertain a fait de nous des enfants au long cours. Et si nous n'avons peut-être pas toujours le sens des responsabilités, nous avons au moins le goût du jeu.

Suzanne Duarig

Mathilde Denanot

1980-1982

Nous, les enfants rois

Lorsque l'expression « petite chose vagissante » prend tout son sens.

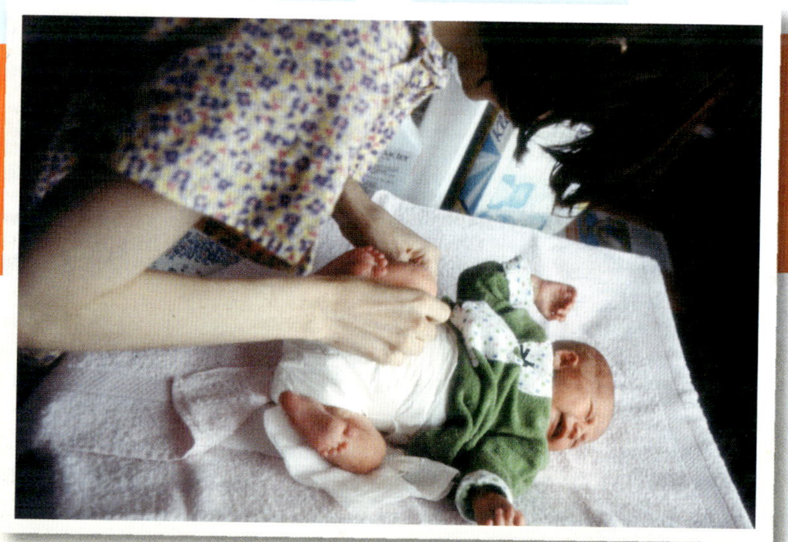

Du temps pour les bébés

En France, la durée minimale du congé maternité a été fixée par la loi n° 80-545 du 17 juillet 1980. Pour permettre à nos mères de préparer notre arrivée, ce congé est porté à seize semaines (six semaines avant et dix semaines après l'accouchement), pendant lesquelles la mère perçoit l'intégralité de son salaire. C'est un progrès indiscutable puisqu'en 1970, le congé maternité n'était indemnisé qu'à hauteur de 90 % du salaire brut. Assurées d'avoir du

Chronologie

29 avril 1980
Le maître du suspense est mort. Alfred Hitchcock laisse une filmographie dense et éternelle : *Fenêtre sur cour*, *Les Oiseaux* ou *Psychose* sont autant de monuments qui ne cesseront d'être imités.

8 décembre 1980
John Lennon est assassiné par Mark David Chapman au coin de la 72e rue à New York.

1981
Les canards caracolent en tête des charts : « C'est la danse des canards / qui en sortant de la mare / se secouent le bas des reins / et font coin-coin. »

13 mai 1981
Le pape Jean-Paul II est la cible d'un attentat. Mehmet Ali Agca, membre des Loups gris, un mouvement nationaliste turc, le blesse de trois balles sur la place Saint-Pierre à Rome.

29 juillet 1981
Le prince Charles et Diana Spencer se marient à la cathédrale Saint-Paul de Londres. 600 millions de téléspectateurs suivent la cérémonie.

5 novembre 1981
Les Trente Glorieuses sont bel et bien révolues. En France, le cap des 2 millions de chômeurs est franchi.

16 janvier 1982
Michel Drucker présente une nouvelle émission qui fera date dans l'histoire de la télévision : « Champs-Élysées », tournée dans le pavillon Baltard.

27 février 1982
Jean-Jacques Annaud reçoit le César du meilleur film pour *La Guerre du feu*. Il y retrace le parcours d'une tribu d'*Homo sapiens* en quête de l'élément indispensable à leur survie : le feu.

24 juin 1982
Jean-Loup Chrétien est le premier Français à voler dans l'espace.

16-17 septembre 1982
Des réfugiés palestiniens sont massacrés dans les camps de Sabra et Chatila, près de Beyrouth-Ouest, par des phalangistes libanais, dans un secteur « sécurisé » par l'armée israélienne.

2 décembre 1982
Aux États-Unis, un cœur artificiel est implanté avec succès pour la première fois.

Six mois, l'heure des premiers « Areuh ».

temps pour accueillir leur enfant et de retrouver leur poste à l'issue de leur congé, les femmes ne sont plus disqualifiées du monde du travail sitôt enceintes. Il ne s'agit plus de choisir entre vie privée et vie professionnelle, mais de concilier les deux.

Par ailleurs, nos mères profitent de diverses avancées destinées à renforcer leurs droits. Mettre au monde un bébé relève de plus en plus d'un vrai choix : à partir de 1982, l'interruption volontaire de grossesse sera remboursée par la Sécurité sociale. Onze ans après le Manifeste des 343... L'année

La « force tranquille » mène François Mitterrand à la victoire en 1981.

suivante, en 1983, la loi Roudy vient rappeler qu'« à travail égal, salaire égal ». Si, dans les faits, son efficacité est sujette à caution, elle a le mérite d'exister… La même année, la France ratifie la Convention sur l'élimination de toutes les formes de discrimination à l'égard des femmes.

En 1980, les échographies ne permettent pas encore de connaître le sexe de l'enfant. Si mes parents sont assez indifférents à cette question, ma sœur ne l'est pas : elle veut une petite sœur pour pouvoir l'habiller, la coiffer, lui prêter ses poupées Corolle ou sa panthère rose, et lui lire *Les Malheurs de Sophie*, *Les Petites Filles modèles* et *Les Vacances*, sans oublier les aventures de Caroline et du Club des cinq.

À son arrivée à la maternité après une longue journée d'école, ma sœur sait bien qu'un bébé est d'un intérêt limité et qu'il ne jouera pas avant un long moment. La seule question qui la préoccupe est donc une question de genre : que suis-je ? Une fois dans la chambre, la déception se lit instantanément sur son visage : je suis vêtue d'un pyjama bleu. Elle a reçu le message. « Regarde quand même le prénom sur le lit, au cas où », suggèrent nos parents. L'espoir renaît. Elle se précipite sur le panneau et découvre avec stupeur et ravissement que l'on peut porter du bleu tout en étant une fille.

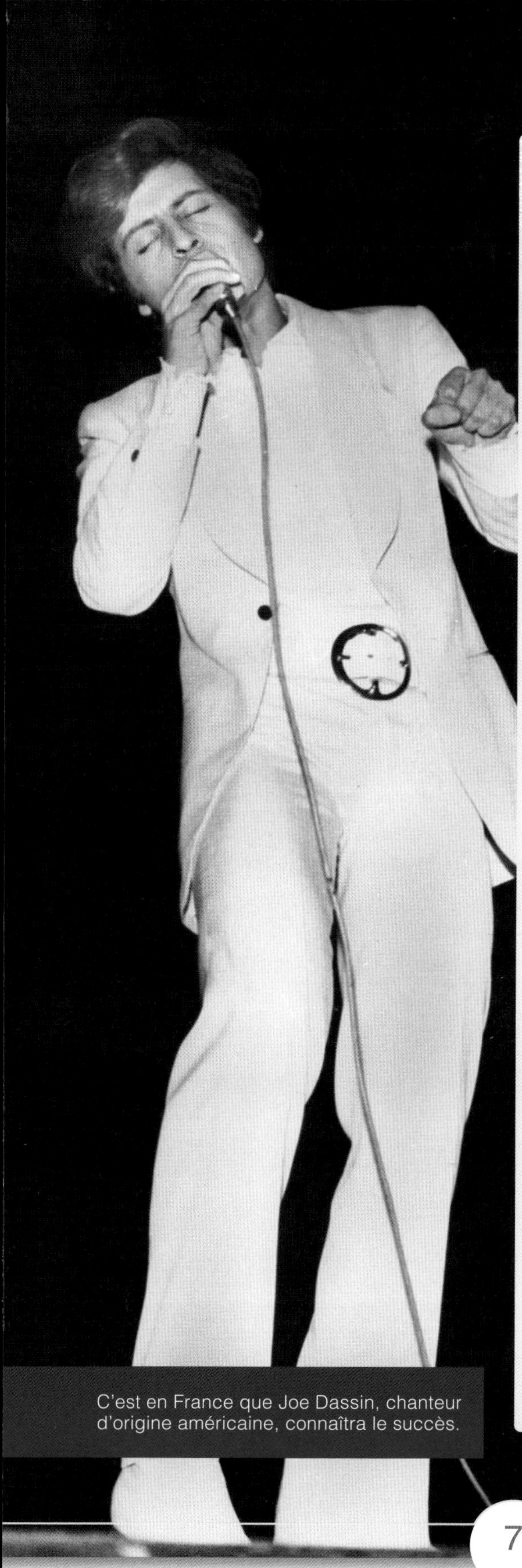

C'est en France que Joe Dassin, chanteur d'origine américaine, connaîtra le succès.

L'équipe à Jojo…

… a perdu son membre fondateur. Le 20 août 1980, Joe Dassin s'effondre à Papeete (Tahiti). Deux ans après la mort de Claude François, cette disparition prématurée endeuille le monde de la musique en France et semble sonner le glas des années disco. Adulé par le public, acclamé lors de ses prestations sur les plateaux des émissions de Maritie et Gilbert Carpentier, le chanteur aux costumes immaculés laisse à ses admirateurs un nombre incalculable de tubes : Les Champs-Élysées, L'Été Indien, Les Dalton, Le P'tit Pain au chocolat, Siffler sur la colline…
Figure majeure de la variété française, Joe Dassin se rêvait pourtant autre. Fin connaisseur de musique classique et de jazz, amateur des chanteurs à texte et en particulier de Georges Brassens, Joe Dassin ne reniait pas son œuvre mais tendait à la dénigrer. À son équipe, ses assistants et ses proches, il ne cessait de demander des conseils. Il écrivait et réécrivait ses textes avec rigueur et exigence, jugeant que « quand on n'a pas de talent, il faut travailler ». Introverti, sensible, perclus d'angoisse, Joe Dassin voulait quitter tôt la scène, soucieux de ne pas devenir un vieux chanteur.
Après plus de 6 millions de disques vendus, le chanteur de la joie de vivre, de la bonne humeur et de l'insouciance s'était déjà assombri. Inquiet pour sa santé, conscient de marcher sur un fil prêt à rompre, Joe Dassin est mort pendant ses vacances, sans doute prises trop tard. Une fin qu'avait justement convoitée Georges Brassens : « Vous envierez un peu l'éternel estivant, / qui fait du pédalo sur la vague en rêvant, / qui passe sa mort en vacances… »

Dans *La Guerre du feu*, Jean-Jacques Annaud s'intéresse aux premiers temps de la civilisation.

Le maniement du biberon n'est pas encore optimal, mais les nouveaux pères y mettent du leur.

Les nouveaux pères

Si l'ère du *pater familias* romain était déjà révolue avant notre naissance, les pères des années 1960-1970 rechignaient encore à s'impliquer dans l'éducation de leurs enfants. Dans les années 1980, le rôle du père, en partie sous l'influence de Françoise Dolto, se voit sensiblement modifié. Parce qu'ils veulent bien faire, nos parents ont lu d'un bout à l'autre les conseils dispensés par la psychanalyste. Selon elle, le bébé est un sujet à part entière dès son plus jeune âge, et doit être traité comme tel. Elle met également l'accent sur l'importance du rôle du père, qui permet à l'enfant d'intégrer l'idée qu'il n'est pas « tout » pour sa mère – de cette première frustration découle l'individuation.

Nos pères se veulent modernes : ils ne souhaitent plus incarner uniquement l'autorité, comme leurs pères et leurs grands-pères l'ont fait auparavant. Ils rejettent ce qu'ils considèrent comme un archaïsme. Ils construisent eux-mêmes un nouveau type de rapport avec leurs enfants. Bien sûr, on est encore loin des pères au foyer, mais le fait de donner le biberon, de déposer bébé à la crèche ou de lire une histoire n'est plus l'apanage des femmes. Et de fait, nous ne craindrons pas nos pères plus que nos mères : un équilibre s'est établi. Ils sont tous les deux capables de jouer, de gronder et de câliner. L'autorité n'a plus de sexe.

Mais asexuée ou pas, l'autorité sera difficile à imposer aux enfants rois que nous sommes. Lorsqu'à l'occasion d'un déjeuner, âgée de 18 mois, je monte sur une chaise pour faire entendre ma voix et n'obtiens que l'indifférence générale, j'élève le ton, crie, hurle ; et tout à coup, je m'étrangle de colère, deviens bleue, m'asphyxie et tombe en syncope. Je viens de faire un spasme du sanglot, une crise de rage qui s'achève par une pâmoison. Lorsque je reviens à moi, je remarque avec satisfaction l'angoisse de mes parents, que le médecin a prévenus : cet épisode peut se reproduire. Je ferai donc l'apprentissage de la parole en même temps que celui du chantage. Je brandis régulièrement la menace de faire un « pasme » et oblige mes parents à toutes sortes de fantaisies. Ainsi, si l'envie me prend de rentrer de la plage en ne portant qu'une seule chaussure, mieux vaut éviter de me contrarier.

En route pour un « pasme ».

Quel dommage que nous n'ayons pas tous des bottes en poil de bouc…

… Il faudra se contenter de nos chaussons-chaussettes.

L'expérience interdite

En 1982 paraît l'ouvrage Suicide, mode d'emploi, *coécrit par Claude Guillon et Yves Le Bonniec. Outre des considérations historiques, sociales, économiques et philosophiques sur le suicide, c'est le chapitre X et son* addendum *qui vont déchaîner les passions. Des conseils concrets, matérialisés dans un « Guide du suicide », y sont donnés aux lecteurs désireux de mettre fin à leurs jours.*
La volonté des auteurs de faciliter l'accès à la mort à leurs contemporains entraîne une levée de boucliers sans précédent. Car derrière cet ouvrage se cache le désir d'aborder une question brûlante : celle de l'euthanasie, autrement dit celle d'un « droit à la mort ».
Fondée en 1980, l'Association pour le droit de mourir dans la dignité avait déjà posé les jalons de cette revendication, en se donnant pour objectif le vote d'une loi légalisant l'euthanasie et le suicide assisté. Constatant que cette question prend de plus en plus d'ampleur et ne peut plus être éludée, le Sénat, en 1983, fait un tour de passe-passe et adopte une proposition de loi réprimant la « provocation au suicide ». Exit *le débat sur l'euthanasie : une fois encore, la création d'un nouveau délit a permis d'échapper au débat. Traduit en six langues et vendu à plus de 100 000 exemplaires,* Suicide mode d'emploi *sera finalement interdit à la vente neuf ans après sa parution.*

Qui a dit « comme un éléphant dans un jeu de quilles » ?

Réunions Tupperware

Au début des années 1980, les réunions Tupperware connaissent un succès sans précédent. Réunies en petits groupes dans un salon, nos mères se passionnent pour ces objets si pratiques, déclinés à l'infini. Bientôt, plus aucune mère de famille digne de ce nom ne devra tolérer le moindre emballage

Sourire aguicheur visant à convaincre le geôlier de me rendre la liberté.

dans sa cuisine : le sucre ne doit pas rester dans sa boîte, mais être rangé dans un Tupperware, et il en va de même pour le riz, les pâtes et la farine. À chacun son Tupperware. C'est tellement plus commode ainsi, comment faisait-on avant ?

D'autant que les représentants de la marque ont pensé à tout, des livres de recettes de cuisine Tupperware, calculées en « doses Tupperware », aux boîtes servant à fabriquer des glaces au sirop. Nous découvrons avec émerveillement un grand rectangle de 20 centimètres sur 3. Un peu de grenadine, un peu d'eau, une nuit au congélateur et nous aurons une glace à la grenadine. Incroyable ! C'est vrai ?

Le grand noir

Il est des occasions où nous ne faisons pas les fiers, surtout quand la nuit tombe. Outre la veilleuse agrémentée de Schtroumpfs qui doit rester allumée toute la nuit, nous exigeons une présence à nos côtés avant de nous endormir. Et il ne s'agit pas d'essayer de nous berner, car nous veillons au grain. En général, un parent s'installe dans notre chambre et lit son journal en attendant que nous sombrions. Mais nous luttons pour le surveiller : quand il se lève discrètement,

Au vu du nombre de bougies, ces parents-là ne savent résolument pas compter.

Dissimulé sous un vêtement opaque,
Mark Chapman, meurtrier de John Lennon.

nous croyant endormis, nous lui signalons immédiatement, armés de notre Kiki et de notre souris verte, qu'il n'a pas encore le droit de partir.

Cette peur du noir nous suit partout. Si nous devons monter un escalier mal éclairé, nous le gravissons avec la vélocité d'un lapin. Nous redoutons d'y croiser Dracula, un mille-pattes ou un ver de terre. Cette poltronnerie exacerbée nous porte ombrage, car nous nous rêvons toujours plus vieux et plus courageux que nous le sommes. De fait, sitôt le danger passé, nous la renions effrontément : nous n'avions pas peur, nous faisions juste une « blague ».

Le sport, c'est chic

Au début des années 1980, la mode est aux bébés nageurs. Nous sommes très vite plongés dans la piscine et dans la mer, avec de petites bouées autour de la taille. Nos parents nous tendent une perche que nous devons attraper

Sorti en 1982, *E.T.* restera onze ans en tête du box-office mondial.

et suivre, tout en battant des pieds. Vient forcément un moment où l'on boit la tasse : après une frayeur pareille, nous voilà devenus des miraculés, des héros. À l'image d'Albator, nous sommes « bien plus forts que la mort ».

Les filles sont également nombreuses à commencer très tôt l'apprentissage de la danse. Pour ma part, tout ce qui relève des galipettes, roues, poiriers et ponts n'a aucun secret pour moi. Je suis moins douée pour les pas de bourrée, les passages en première et les diagonales. À vrai dire, j'aime la gymnastique, pas la danse, mais je ne connais pas encore la différence. Alors je deviens le chimpanzé du cours, celle qui fera les sauts en tout genre lors du gala de fin d'année.

Le gala de fin d'année ! Nous allons nous produire en public, devant toute notre famille. Je trépigne d'impatience trois mois à l'avance. Le jour J, ma mère me fait des tresses africaines et me recouvre de laque et de paillettes. Dans les coulisses, le trac me serre le cœur. Et si je décevais mes admirateurs ? Si je n'étais pas à la hauteur de leurs attentes ? Il y a tout le monde ici, même les grands-mères…

Au théâtre ce soir

Nous sommes encore bien trop petits pour participer à cet engouement, mais les grandes sœurs se chargeront de nous initier à certains classiques dès que nous aurons un peu grandi : *La Boum*, le film de Claude Pinoteau qui deviendra un véritable phénomène de société, sort l'année de notre naissance. Vic, Mathieu et la chanson *Reality* feront rêver les adolescents par-delà les générations.

Autres succès de ces années-là, *Le Dernier* Métro et *La Femme d'à côté* de François Truffaut, *Shining* de Stanley Kubrick, ou, dans un tout autre registre, *Le Père Noël est une ordure* de Jean-Marie Poiré. Là encore, les aînés des fratries auront tout le temps de nous en apprendre les répliques cultes, comme « Je ne vous jette pas la pierre, Pierre, mais j'étais à deux doigts de m'agacer », ou « Thérèse n'est pas moche ! Elle n'a pas un physique facile, c'est différent ! »

Petits licenciements entre amis

Sorti en 1982, le film Que les gros salaires lèvent le doigt ! *dresse le portrait d'un marché de l'emploi qui bat de l'aile et se tire d'embarras à grands coups de licenciements économiques. Réalisée par Denys Granier-Deferre, cette comédie grinçante fait rire une France malade et prête pour une débâcle annoncée.*
André Joeuf (Jean Poiret) dirige un cabinet d'assurances. Le temps d'un week-end, il invite ses employés dans sa maison de campagne. Le but non avoué de sa démarche, qui semble être dans un premier temps de récompenser les employés, est de licencier les cadres les mieux payés pour sauver son entreprise. Après avoir envisagé différentes techniques, André Joeuf opte pour un licenciement « ludique » : les employés vont devoir jouer au jeu des chaises musicales. Ceux qui perdront la partie perdront aussi leur emploi.
Impassible, le dirigeant assiste à la course de ses sbires en sursis. Alors que l'un d'eux échoue et se met à pleurer, André Joeuf réplique, écœuré : « Ah ! Vous me dégoûtez, Desmarets, là ! Vous êtes renvoyé ! Soyez beau joueur, au moins. En tant que chef comptable, vous calculerez vous-même vos indemnités. » Et José Viss (Michel Piccoli), sombre parrain de Daniel Auteuil, de commenter : « J'avoue que ça me fait rire… » Sans pitié les uns pour les autres, les employés se ruent sur les chaises et vont jusqu'à se malmener physiquement pour conserver leur poste. Dans ce jeu sans foi ni loi, seuls les plus belliqueux triompheront.

1983-1985

La vie de fantôme

Un Indien dans la ville.

De bons petits diables

Au CP, nous apprenons à lire avec Yves et Béatrice, héros de nos cahiers. Dans notre classe, on prône la méthode syllabique, après bien des débats. La méthode globale pourrait en effet avoir des effets pervers et entraîner des cas de dyslexie. C'est

Chronologie

23 janvier 1983
Björn Borg quitte définitivement la compétition. Considéré comme le plus grand joueur sur terre battue de tous les temps, il est parvenu à s'imposer à six reprises à Roland-Garros.

3 mars 1983
Georges Prosper Remi, plus connu sous le nom d'Hergé, s'est éteint. Père de Tintin et de Quick et Flupke, il a rencontré, de son vivant, un succès planétaire. Charles de Gaulle s'était d'ailleurs écrié : « Au fond, vous savez, mon seul rival international, c'est Tintin ! »

Juin 1983
Léopold Sédar Senghor est élu à l'Académie française. Il est le premier noir à intégrer l'institution.

15 juillet 1983
France 3 tente de concurrencer « Dallas », véritable rouleau compresseur diffusé par TF1, avec « Dynastie ». Les ingrédients sont les mêmes : argent, pouvoir, trahison. Les Ewing n'ont qu'à bien se tenir...

1984
La chanson *Femme libérée* de Cookie Dingler reste classée dix-huit semaines au Top 50.

14 août 1984
Suite aux manifestations revendiquant un « enseignement libre », le projet de loi Savary sur l'école privée est abandonné.

6 novembre 1984
Aux États-Unis, Ronald Reagan est largement réélu avec 59 % des suffrages exprimés.

30 septembre 1985
Actrice française de premier plan avec ses brillantes interprétations dans *Casque d'or*, *Les Diaboliques* ou *La Vie devant* soi, Simone Signoret meurt à l'âge de 64 ans.

6 octobre 1985
Alain Prost est sacré champion du monde de Formule 1.

14 octobre 1985
Catherine Deneuve est choisie pour incarner la nouvelle Marianne.

7 décembre 1985
Le film *Trois hommes et un couffin*, retraçant les aventures de trois célibataires aux prises avec un nourrisson, remporte un succès inattendu et devance même *Rambo 2*.

Trois hommes et un couffin remporte un succès inattendu.

donc avec de petites pancartes individuelles, sur lesquelles figurent les lettres de l'alphabet, que nous faisons l'apprentissage de la lecture. Nous devons prononcer chaque lettre et il est interdit de décoder d'entrée de jeu un mot dont nous avons « photographié » mentalement l'orthographe. Si la lecture ne me pose pas de problèmes, je développerai très vite

une sorte d'infirmité en mathématiques, discipline étrange aux sonorités effrayantes. Se retrouver jugé sur son « raisonnement » ou ses « aptitudes au mécanisme opératoire »...

Pour Mardi gras, un maquillage chargé est de mise.

Y a qu'une télé...

... c'est Téléchat ! En 1983, l'émission « Récré A2 » reconnaît aux enfants, au même titre qu'aux adultes, le droit à un journal télévisé. Animé par une autruche, Lola, et un chat plâtré, Groucha, ce JT d'un nouveau genre se veut sérieux et informatif. Chaque journal est prétexte, pour les présentateurs, à souhaiter une fête : « Bonne fête à toutes les clés, bonne fête à tous les rétroviseurs... », et se conclut sur un « Chalut, à demain, si on veut bien ! »
L'émission est entrecoupée d'interviews (les gluons, mini-atomes, tentent d'exprimer ce que les objets pensent) et de publicités, animées par un singe vert, pour des « produits nuls ». La série « Léguman » présente un personnage déguisé en citrouille aux prises avec des adversaires étonnants, généralement des appareils ménagers. Enfin, un fer à repasser, maître Duramou, huissier de justice de son état, intervient régulièrement. De nature plutôt dépressive, il fait office de sage instruit qui a réponse à tout.
La force de Téléchat réside dans son ton et dans son inventivité. Son univers relève aussi bien d'un monde imaginaire (qui possède par exemple ses propres jours de la semaine : lourdi, pardi, morquidi...), que d'un monde bien réel rappelant celui des parents. L'autruche et le chat sont ainsi souvent filmés « hors émission », et s'épanchent sur leurs agacements journaliers et sur leurs déconvenues professionnelles ou personnelles. Cette plongée dans les coulisses donne à penser au jeune téléspectateur qu'on ne lui cache rien et qu'il est à même de comprendre, lui aussi, ce qu'est une vie d'adulte angoissé.

Le fantôme du Louvre

Le samedi après-midi, notre grand-mère fait office de baby-sitter et nous jouons aux Playmobil et aux Lego. Mais notre véritable passion consiste à couper les cheveux de nos Barbie et la crinière de nos Petits Poneys. Je les veux coiffés à mon image : carré trop court, frange trop courte. Ensuite, je les démantibule, car ils ont l'air idiots, à présent, tout comme moi. Cette coupe me fait ressembler à un champignon. Pendant ce temps, mes frères et sœurs regardent la série « Belphégor », qu'ils adorent et qui me terrifie.

Dans cette mini-série, diffusée pour la première fois en 1965, un fantôme

Le meilleur moyen pour des parents d'avoir la paix à la plage ? Raconter que des pirates ont caché un trésor.

Apprendre à viser n'est pas si simple.

Très en avance sur la modedes lunettes « mouche ».

hante le département Égyptologie du musée du Louvre, où l'on observe de plus en plus de morts suspectes. André Bellegarde, un étudiant, se charge de mener l'enquête. Grand succès dès sa première diffusion, cette série montre aussi le Paris des années 1960, ses rues et ses Puces.

Nature et culture

Mes parents tiennent enfin une vieille promesse : nous allons au zoo de Thoiry. Nous sommes sur la brèche dès 6 heures du matin : nous allons voir des dromadaires, nous allons voir des dromadaires ! Nous nous précipitons

Premier jour d'école.

À dada sur mon pépé.

dans le minibus Volkswagen – en 1986, les breaks ne sont pas d'actualité et les familles nombreuses font avec les moyens du bord. Et nous pénétrons dans la savane de nos livres illustrés. Les animaux sont libres et ils nous frôlent ! Des bébés lions aux allures de gros chats nous encerclent. Il y a aussi des éléphants, des girafes, des zèbres, des lamas, des dromadaires, des autruches... comme dans « Téléchat »! Nous distribuons des cacahuètes à tire-larigot. Nous serions tellement heureux de rentrer chez nous ce soir accompagné d'un dromadaire. Comme Tartarin de Tarascon...

Mais fi des animaux sauvages : il s'agit désormais d'aller au musée. On nous a promis que nous allions voir une vraie momie datant d'il y a très longtemps. Ça tombe bien, nous aimons bien les momies depuis la diffusion d'un épisode d'« Inspecteur Gadget», « La Malédiction du roi Toutankharton ». Mais face à l'objet, nous sommes au-delà de la déception, à proprement parler estomaqués. Pour nous, une momie doit être toute blanche et entourée de bandelettes minutieusement appliquées. Or cette momie de musée est un squelette couvert de lambeaux de peau qui ressemblent à des parchemins, avec des dents partout de la barbe et des cheveux couleur foin. Serons-nous

Indémodables Playmobil…

comme elle quand nous serons morts ? Nous espérons bien que non. Elle est moche cette momie, elle est nulle. Elle n'a même pas de superpouvoirs.

L'affaire Grégory

Le 16 mai 1984, le corps d'un garçonnet, pieds et poings liés, est repêché dans la Vologne. Des clichés du cadavre sont pris sur les lieux et largement diffusés dans les médias, de même que, plus tard, des photos de l'enterrement de l'enfant.
L'affaire du « petit Grégory » deviendra le fait-divers du siècle. La presse fait de Christine Villemin, la mère, une mater dolorosa *des temps modernes, une icône de la tristesse.*
Le lendemain de la mort de Grégory, les parents ont reçu une lettre anonyme : « J'espère que tu mourras de chagrin, le chef. Ce n'est pas ton argent qui pourra te redonner ton fils. Voilà ma vengeance, pauvre con. » Dès lors, l'étau se resserre sur un suspect proche de la famille. Dans les foyers de France, un macabre jeu de Cluedo se met en branle. Qui a tué le petit Grégory ?
Bernard Laroche, le cousin germain de Jean-Marie Villemin, est rapidement désigné comme le coupable. Incarcéré puis remis en liberté, il sera finalement abattu l'année suivante par Jean-Marie Villemin. C'est ensuite au tour de Christine Villemin d'être soupçonnée. Du fait-divers à la littérature, il n'y a qu'un pas, franchi par Marguerite Duras qui rédige un article titré « Sublime, forcément sublime » et publié dans Libération. *La romancière s'est trouvé une égérie en la personne de cette mère soupçonnée d'infanticide, qui bénéficiera pourtant d'un non-lieu en 1993. À ce jour, l'affaire n'a toujours pas été résolue.*

Ce fainéant de lapin ne s'est pas beaucoup fatigué pour trouver des cachettes.

Ils ont fait un igloo

En 1986, les villes de France sont recouvertes de neige. Nous n'en avions jamais vu autant. Un jour, nous sommes même dispensés d'école à cause des intempéries. Lorsque nous sortons, c'est avec cagoule, moufles, après-skis et anorak. À l'école, cette météo exceptionnelle nous fournit des

En 1985, Catherine Deneuve est choisie pour incarner la nouvelle Marianne de la République française.

divertissements inespérés : batailles de boules de neige, glissades, luge... Les grands construisent un igloo, pareil à ceux qu'on peut admirer dans nos livres sur les Inuits. Il y a même une alcôve pour entrer. Mais nous, les petits, nous avons le démon du saccage en lieu et place du génie de la construction. Certains des nôtres investissent déjà les lieux et les souillent... Nous ne sommes bons qu'à ça.

Entre le break et le bus, le minibus Volkswagen.

Tu nous emmerdes, Charlotte !

Sorti en 1985, L'Effrontée *vaut à Charlotte Gainsbourg un César et fait d'une chanson un tube :* Sarà Perché Ti Amo. *Charlotte, c'est une gamine de 13 ans qui, selon son père, passe son été « à rôder autour des portes ». Agacé par son adolescente capricieuse, il l'interroge : « Tu nous emmerdes, Charlotte, hein vraiment, qu'est-ce que t'as à être chiante cet été, comme ça ? » Balançant entre colère et sanglots, Charlotte peine à s'exprimer. Entre ses proches et elle se tiennent, béants et infranchissables, les égouts de l'amertume. Elle rêverait d'une autre existence, plus inattendue et plus fastueuse, car dans sa maison, dit-elle, « On peut rien avoir de bien, on peut rien avoir de beau ! Tout est moche ici, tout est p'tit ! » Ce qu'elle voudrait, c'est partir à l'étranger pour devenir l'impresario de Clara Bauman, une jeune pianiste prodige, portée aux nues par un public d'intellectuels. Lorsqu'elle parvient par hasard à sympathiser avec elle, Charlotte est convaincue de connaître elle aussi, bientôt, un destin hors du commun. Et même si elle doit res-*

L'effrontée Charlotte revêt sa tenue d'impresario.

ter dans l'ombre de Clara Bauman, elle entend saisir sa chance. Charlotte refuse d'admettre que les fées ne se penchent pas sur tous les berceaux.
Ce n'est qu'après avoir vu son amie la quitter sans un regard qu'elle revient à la réalité. Un sursaut d'orgueil la pousse alors à déclarer : « Quitter la France, ça m'aurait contrariée. » Tête haute, ailes reployées, Charlotte doit affronter la vie telle qu'elle est, « p'tite et moche », à l'image du mobilier de sa maison.

1986-1990

Laissez-nous nos jouets !

Après contestation, le gilet de sauvetage est finalement accepté.

Obscurs adultes

Fervents amateurs du « Club Dorothée » et de sa rubrique « Pas de pitié pour les croissants », nous ne manquons jamais nos dessins animés préférés : « Jeanne et Serge », « Astro, le petit robot », « Olive et Tom », « Ulysse 31 » et surtout « Les Mystérieuses Cités d'or ». Outre le générique que nous chantonnons à longueur de journée, nous sommes émerveillés par le

Chronologie

25 février 1986
Michael Jackson est récompensé par un Grammy Award pour sa chanson *We Are the World*, coécrite avec Lionel Ritchie.

19 octobre 1986
Un vent de panique souffle à Wall Street : le Dow Jones perd 508 points. Les autres grandes places financières subiront de plein fouet le contrecoup de cette chute vertigineuse.

1987
Louis Malle s'appuie sur un souvenir d'enfance pour réaliser *Au revoir les enfants*, sur la déportation d'enfants juifs. Le film obtient sept Césars et une nomination pour l'Oscar du meilleur film étranger.

22 octobre 1987
La France perd l'une de ses plus grandes vedettes, Lino Ventura, comédien atypique à la filmographie impressionnante : *Touchez pas au grisbi*, *Le Clan des Siciliens*, *Garde à vue*, *Les Tontons flingueurs*, *L'Emmerdeur*, *L'Aventure c'est l'aventure*...

8 décembre 1987
À Washington, Mikhaïl Gorbatchev et Ronald Reagan signent le Traité sur les forces nucléaires à portée intermédiaire.

1988
Formé par deux anciens DJ, le groupe Début de soirée galvanise les foules en discothèque avec son titre *Nuit de folie*, meilleure vente de 45 tours de l'année.

21 février 1988
Franck Piccard est sacré champion olympique de ski.

4 mars 1988
François Mitterrand inaugure la pyramide du Louvre.

14 juillet 1989
Bicentenaire de la Révolution française.

9 novembre 1989
Chute du mur de Berlin.

22 juin 1990
La dernière d'« Apostrophes » réunit 80 invités sur le plateau de Bernard Pivot. Diffusée sur Antenne 2 depuis 1975, l'émission opposait différents auteurs dans de grands débats littéraires.

18 novembre 1990
Florence Arthaud remporte la route du Rhum.

Michael Jackson à l'apogée de sa gloire.

cynisme de Mendoza et les fourberies des Olmèques. Nous rêvons d'avoir nous aussi un perroquet vert, que nous appellerions « Picchu », ou un grand condor qui nous amènerait à l'école et que nous appellerions « Grand Condor ».

Régulièrement, mon père vient assister à la fin du dessin animé, au moment du documentaire lu par Jean Topart sur la civilisation aztèque. Je suis toujours navrée pour lui : il a manqué le meilleur. Je tente de lui résumer les trente-deux épisodes précédents, mais dès que j'aborde les péripéties de Tao ou d'Esteban, je sens bien que son attention décline.

La caméra des années 1980 : encombrante, complexe, aux antipodes de l'iPhone.

Ce dilettantisme me laisse perplexe. Je finis par avoir une illumination : mon père n'apprécie que le documentaire. Je suis déçue, mais après tout, qu'espérais-je ? Ce n'est qu'un adulte. Il ne peut pas comprendre. Il fait ce qu'il peut.

L'acquisition d'un Optimist suscite la curiosité.

Morts en direct

Le 28 janvier 1986, en fin de matinée, la navette spatiale Challenger *décolle à Cap Canaveral (Floride) avec sept astronautes à son bord. L'un des objectifs de cette mission est d'observer la comète de Halley.*

Moins de deux minutes après son lancement, la navette explose et prend feu. L'événement est retransmis en direct à la télévision, et le public assiste à la plus grave tragédie de l'histoire spatiale. Sur

La fusée *Challenger* décolle devant les caméras du monde entier.

place, de nombreux d'enfants venus applaudir le vol d'une enseignante, désignée parmi des milliers de candidats pour devenir la « première citoyenne de l'espace », n'en croient pas leurs yeux. L'explosion est survenue à une centaine de kilomètres d'altitude, et a entraîné l'embrasement de 1 700 tonnes de carburant. La navette achèvera sa chute dans l'océan Atlantique. Pourtant, le drame aurait pu être évité : plusieurs heures avant le décollage, on considérait qu'une pièce de l'appareil était susceptible de provoquer un accident par température glaciale. Des ingénieurs avaient même tenté de reporter le décollage. Mais la Nasa avait jugé le risque acceptable, voire négligeable. Le rapport de l'enquête menée par la commission Rogers condamnera largement ce processus de décision.

Dans *Au revoir les enfants*, Louis Malle retrace le parcours d'enfants juifs envoyés dans les camps de la mort.

Ils ont tué les Crados

En 1989, nous sommes surpris de voir les caméras de télévision pointer leurs objectifs sur nos cours de récréation. Il est rare que nous, les enfants, soyons au cœur de l'actualité. Même au journal télévisé, on ne parle que de ça. La rumeur se répand, la menace tombe : ils vont supprimer les Crados !

Pour nous, ces petites vignettes à collectionner représentant des personnages sales et vulgaires sont une véritable monnaie d'échange. On trouve, entre autres, André Macchabée, Lionel Poubelle, Igor Gonzola, Armelle Cervelle. À l'école, tout le monde possède sa propre collection. Nous sommes donc stupéfaits de voir nos inoffensives cartes à jouer soudain clouées au pilori. Tandis que Michel Rocard se dit « atterré » par le phénomène, Lionel Jospin va plus loin et envisage tout bonnement leur interdiction. Mais c'est surtout le commandant Cousteau qui part en croisade, lançant une pétition contre la Bande des Crados et invitant les parents à réagir contre cette « pollution des esprits » : « Ne vous étonnez pas si vos enfants partent à la dérive et finissent à la cocaïne. » Nous perdrons ce bras de fer qui nous opposait aux plus hautes instances de l'État : d'abord interdits dans les cours d'école, les Crados seront finalement retirés de la vente.

L'art de tricher s'apprend au Monopoly.

On se rabat alors sur le Monopoly, où chacun à sa technique. Certains font, le plus vite possible, main basse sur l'avenue de Matignon et le faubourg Saint-Honoré, d'autres se jettent sur les gares, d'autres encore, dont je fais partie, sont des inconditionnels du boulevard Saint-Michel et de la rue de Paradis. Je pense que des revenus modestes mais réguliers (d'après mes calculs, on tombe plus souvent sur les cases orange et violettes) valent mieux que des revenus élevés mais rares. Au moment des échanges, je me révèle cupide et

La pyramide du Louvre, fraîchement inaugurée.

intraitable : si on veut me racheter les rouges, il va falloir m'allouer dans les 150 000 francs. Minimum. Quand je lance le dé, je le prétends « cassé » ou prétexte avoir été « déconcentrée » pour obtenir le droit à une seconde chance.

Discussion autour d'une partie de minigolf.

Putsch raté

Au début du CE1, notre instituteur nous pose la question : « Qui croit au Père Noël ? » Je lève la main. L'instituteur également. Nous sommes les seuls. Je ressens une fierté mâtinée de scepticisme et, de retour chez moi, j'interroge mes parents. Lorsque les aveux tombent, je suis frappée en plein cœur. L'univers est rationnel et gris. Je le sentais. Pour moi, croyance rime dorénavant avec humiliation, et je couche Dieu dans le même linceul que le Père Noël. Désormais, il faudra me prouver chaque chose.

À l'école, nous avons une « chef ». Elle commande à tous, se moque de nous et nous met à l'écart sans raison à la marelle. Je comprends de moins en moins la nécessité de lui être inféodée. Je tente un putsch et pars en campagne, promettant à mes camarades un monde meilleur, sans hiérarchie. Quelques jours plus tard, je trouve un papier dans ma trousse : « Tu es une crâneuse, une tricheuse, une… ». La réponse du chef à l'insurgée, signé par tous les élèves. Pour un camouflet, c'en est un. Bannie, je joue seule avec mes Petits Malins. Je me jure quand même que si un putsch de cette nature doit avoir lieu un jour, j'en serai. Quel que soit le prix à payer. Car si le Père Noël n'existe pas, tout est permis.

Alice Sapritch, entre extravagance et sensibilité.

Tu me demandes si je suis heureuse…

« Si le bonheur c'est une chambre vide / avec des bouteilles vides / et des cendriers remplis de cigarettes pas finies / alors je te réponds / je suis heureuse. » En chantant ces paroles, écrites en 1975 par Philippe Labro, Alice Sapritch surprend. Quatre ans plus tôt, elle incarnait la truculente Dona Juana dans La Folie des grandeurs, *et faisait une entrée fracassante dans le cœur des Français par le biais d'un strip-tease inepte. À la télévision, la même année, elle endossait le rôle emblématique de Folcoche, relevant le pari risqué de prêter ses traits à la persécutrice du sympathique Brasse-Bouillon. De la mégère à l'excentrique – on n'oublie pas non plus ses apparitions dans les publicités Jex Four ni dans des films aussi loufoques que* Le Führer en folie *ou* Les Vacanciers *– Alice Sapritch ne craint ni le ridicule, ni le bide annoncé. Malgré une formation classique au cours Simon et au Conservatoire, elle doit peut-être à son physique peu commun un parcours en dents de scie, couronné par un succès venu trop tardivement. Aussi son destin est-il souvent comparé à celui de Louis de Funès, dont elle croise la route dans* Sur un arbre perché.

Lors de son dernier passage télévisé, elle confiait à Mireille Dumas : « J'ai raté ma vie, si je n'ai pas raté ma carrière. » Ce mal-être sur lequel elle reste discrète, elle le résume en une phrase, « Je n'ai pas eu d'enfance », avant de se retrancher derrière ses froufrous et ses turbans : « J'aime le présent, je ne veux plus aimer le passé. » Janus en jupons, Alice Sapritch est morte le 24 mars 1990.

Bientôt, le Polaroïd fera son apparition.

Haro sur le Tang

À peine savons-nous écrire que nous inscrivons sur la liste de commissions les produits à acheter absolument : du Nutella bien sûr, mais aussi du pain d'épices Prosper Youpla Boum, des Z'animo et du Tang. Cette poudre à diluer dans l'eau, censée rendre un vrai goût de fruit, a été mise en vente en France dès 1976, mais ses ventes explosent dans les années 1980. Composée essentiellement de sucre, d'agents chimiques et d'un vague pourcentage d'huile essentielle d'orange, la boisson se taille d'entrée de jeu une très mauvaise réputation. Dès 1978, la société productrice est condamnée pour publicité mensongère et sommée de ne plus indiquer qu'il s'agit d'une « poudre au goût d'orange fraîchement pressée ».

Qu'importe, les publicitaires rivalisent d'imagination pour faire de cette boisson le produit star des années 1980 et nous annoncent : « Tang, quand t'en bois, la magie est avec toi. » Jugée par les enfants plus récréative qu'un simple jus de fruits, la poudre est de toutes les occasions et nous la servons invariablement à nos goûters d'anniversaire. Cependant, la campagne de dénigrement perdure et nos parents commencent à prendre en grippe la boisson honnie des diététiciens. Cette cabale aura finalement raison du Tang, qui disparaît au début des années 1990 des rayons des supermarchés. Qu'importe : entre-temps est apparu le Sironimo, et la musique de Roger Glover nous a convaincus de suivre le mouvement. Car comme le dit la pub, « Sironimo, c'est rigolo ».

Quand je serai grande, je serai danseuse étoile.

Le ras-le-bol des bébés zappeurs

En 1989, Ségolène Royal, députée des Deux-Sèvres, est une figure montante de la politique française. Mais nous la connaissons alors surtout pour ses idées sur les mangas. Elle avait déjà manifesté son hostilité envers ces dessins animés, mais la diffusion de « Ken le survivant » mettra le feu aux poudres. En publiant un véritable réquisitoire contre les mangas, *Le Ras-le-bol des bébés zappeurs*, la députée condamne à mort notre programme fétiche. Selon elle, nos séries sont « nulles, médiocres et laides », des « kilomètres de pellicule déversant la peur, le sang et les larmes ». Nous ne

Duel d'auto-tamponneuses.

comprenons pas cet acharnement. Certes, Ken est un peu violent, mais qu'en est-il de Dragon Ball ou d'Astro ?

Le « Club Dorothée » devient une sorte de mouton noir télévisuel, destiné à disparaître, dénoncé par *Libération* et *Télérama*. Peu à peu, les mangas quittent les grilles de programmation et la censure sévit au cœur même des épisodes. De notre côté, nous sommes toujours aussi circonspects : après les Crados et les mangas, lequel de nos jeux s'attirera les foudres de politiques trop zélés ? Le Monopoly est-il toxique ? Le maniement de l'argent fera-t-il de nous des fraudeurs ?

Le Mur est tombé

Le 9 novembre 1989, nous apprenons que le mur de Berlin est tombé. En le découvrant à la télévision, nous sommes étonnés par son allure : nous l'imaginions très haut et infranchissable, mais beaucoup moins long. Nous n'avions pas non plus pensé qu'il puisse être couvert de graffitis. Nous ne sommes pas les seuls à nous faire cette réflexion : à l'école, on parle du Mur comme d'un nouveau gadget à la mode dont il faudrait récupérer un morceau. Dans les semaines qui suivent, un vaste commerce de bouts de mur se met en branle. Nous sommes plusieurs à posséder des fractions de béton rangées dans des sachets en plastique. Nous les comparons et les manipulons comme des cartes à jouer. Les plus colorés sont les plus appréciés : moins il y a de gris, mieux c'est. Nos parents nous pensent fascinés par l'histoire de la RFA et de la RDA, nous trouvent anormalement curieux et sont fiers d'avoir des enfants instruits et soucieux du monde qui les entoure. Ils ne savent pas que les bouts de mur sont pour nous des billes, des gris-gris, des trésors qui n'ont de valeur que grâce à leurs couleurs.

Le mur de Berlin : plus c'est coloré, mieux c'est.

Musique !

Ces années-là sont riches en tubes kitsch mais malgré tout inoubliables, tels *Ève lève-toi* de Julie Pietri, *Partenaire Particulier* du groupe du même nom, *Les Démons de minuit* d'Images, *Libertine* de Mylène Farmer ou *Les Brunes*

Vanessa Paradis, âgée de 17 ans, dans Noce Blanche.

comptent pas pour des prunes de Lio : « On a du caractère, et dans nos artères / C'est du sang chaud qui coule / On la joue pas cool ». Pendant ce temps, les Rita Mitsouko prient Andy de dire oui, et Vanessa Paradis susurre des mots doux à Joe le taxi.

Sabrina chante *Boys* vêtue d'un ridicule bikini, Marc Lavoine trouve le monde « tellement con », et Caroline Loeb s'empare du texte de chanson le plus incompréhensible qui soit à nos oreilles d'enfants. On a beau la retourner dans tous les sens, cette histoire de « ouate qu'elle préfère » ne nous dit rien du tout. Notre préférence va invariablement à Dorothée (« C'est comme / Un tremblement de terre / Un typhon sur la mer / Un grand coup de tonnerre / Qui vient tout bouleverser »), voire à Melody qui rétablit enfin l'indéniable vérité : « Y a pas que les grands qui rêvent, y a pas que les grands qui ont des sentiments ».

« C'est ça ! Va faire un dessin. »

En 1990, Étienne Chatiliez dépoussière l'image des seniors en donnant naissance à un irrésistible monstre : Tatie Danielle. Cette Folcoche du troisième âge s'est définitivement mise à l'abri des bons sentiments. Elle déteste l'ensemble de sa famille et n'hésite pas à le lui faire savoir. À son petit neveu qui tente de l'amadouer par un dessin, elle lance : « C'est ça ! Va faire un dessin », dessin qu'elle piétine ensuite avec une allégresse sadique. À une connaissance qui lui demande, attendrie : « Elle est gentille, hein, ma fille ? », Tatie Danielle s'empresse de répondre : « Elle est gentille, mais qu'est ce qu'elle est laide ! »
Tatie a une telle horreur de ses proches qu'elle n'hésite pas à se laisser dépérir pour les faire culpabiliser. Incarnation des aïeuls laissés à l'abandon par leur propre famille, elle fait la une des journaux télévisés, jetant ainsi l'opprobre sur les siens.
Pour autant, Tatie Danielle n'est pas dépourvue de tout sentiment : elle s'entiche de la femme de ménage de ses neveux, indépendante et autoritaire, interprétée par Isabelle Nanty. C'est que Tatie n'aime pas qu'on la flatte ni qu'on la cajole : les obséquieux, très peu pour elle. À 82 ans, elle en a vu défiler suffisamment pour ne plus s'y laisser prendre. Et elle ne deviendra certainement pas la tatie gâteau que la société attend d'elle.
Récompensée par le César de la meilleure actrice, Tsilla Chelton aura illustré avec un talent exceptionnel le slogan du film : « Vous ne la connaissez pas encore, mais elle vous déteste déjà. »

Tatie Danielle, farouche opposante aux bons sentiments.

1991-1994

Le temps des filtres

Cabriole sur la plage.

« C'est de la part de qui ? »

« Bonjour Madame, pourrais-je parler à… – Oui, c'est de la part de qui ? » Aujourd'hui, ce filtre qui nous séparait de nos amis, sitôt les cours terminés, est inconcevable. Pas de téléphone portable dans les années 1990, pas de signal d'appel, évidemment pas de mail ni de Facebook : nous sommes sommés de « faire

Chronologie

17 janvier 1991
Déclenchement de l'opération aérienne « Tempête du désert », qui sera suivie de l'opération « Sabre du désert », phase terrestre de la première guerre du Golfe.

15 mai 1991
Édith Cresson remplace Michel Rocard, devenant ainsi la première femme Premier ministre en France.

12 octobre 1992
À l'occasion des cinq cents ans de la découverte de l'Amérique par Christophe Colomb, le film *1492 : Christophe Colomb* sort au cinéma.

15 janvier 1993
Salvatore (dit « Toto ») Riina, numéro un de la mafia sicilienne, est arrêté. Considéré comme responsable du triomphe de la « famille » Corleone, au prix de 300 assassinats, il est également soupçonné d'avoir assassiné le juge Falcone.

8 juin 1993
René Bousquet, haut fonctionnaire actif sous le régime de Vichy, est assassiné.

25 novembre 1993
Mort d'Anthony Burgess, auteur du célèbre roman *L'Orange mécanique*, adapté au cinéma par Stanley Kubrick.

12 mars 1994
L'un des plus grands mythes du monde s'évanouit. Le *Daily Mirror* révèle que le cliché du monstre du Loch Ness pris en 1934 était en réalité une supercherie. Le lac est officiellement vide, les touristes peuvent ranger appareils photo et caméras.

20 avril 1994
Acteur polymorphe passant allègrement de *Dupont Lajoie* à *Buffet froid*, sans oublier *Elle boit pas, elle fume pas, elle drague pas, mais... elle cause*, Jean Carmet s'est éteint.

1er mai 1994
L'accident d'Ayrton Senna sur le circuit d'Imola (Italie) fait perdre à la Formule 1 son plus grand champion.

31 août 1994
Après vingt-cinq ans de conflit, l'IRA déclare une « complète cessation de la violence ».

11 décembre 1994
Alors que l'opinion publique le donnait gagnant aux présidentielles de 1995, Jacques Delors crée l'évènement en annonçant sa non-candidature.

France Télécom peut compter sur nous.

vite » avec l'unique téléphone de la maison, généralement placé dans un lieu qui ne permet aucune intimité. De toute façon, qu'avons-nous à raconter à des amis que nous venons tout juste de quitter ? Et d'abord, qui est ce camarade dont nous n'avions jamais parlé auparavant ? Et n'est-il pas un peu trop tard pour appeler chez les gens ? Et pourquoi ne se présente-t-il pas spontanément, n'est-ce pas la moindre des choses ?

Nous déballons donc au téléphone la liste des choses urgentes à raconter, avant de nous faire rabrouer au

motif que nous « occupons la ligne » et que nous risquons de faire manquer un appel important à nos parents. Aucun moyen d'en sortir, à moins d'obtenir une ligne privée… Un vœu pieux.

Lapin vêtu d'une cape.

La Game Boy, ancêtre éloigné de la Nintendo DS.

Habemus Tetris !

Sortie en France en septembre 1990, la Game Boy suscite un engouement sans précédent chez les 8-13 ans. Alors que le jeu électronique traditionnel n'offrait qu'une maniabilité réduite et un graphisme minimaliste, cette console de jeux portable, signée Nintendo, est une véritable révolution. Plus de 1,4 million d'exemplaires se vendent dès la première année. Les parents n'ont plus à réclamer le silence

lors des trajets en voiture : la Game Boy a fait taire les enfants et la musique de Tetris devient un bruit de fond avec lequel il faut apprendre à vivre.
Le jeu nécessite agilité et concentration. Il s'agit d'empiler des briques les unes sur les autres, en veillant à ce qu'elles s'imbriquent judicieusement, pour éviter d'être disqualifié. Les meilleurs peuvent tenter la vitesse supérieure pour plus de difficulté. Ceux qui parviennent à la fin du jeu ont la surprise de voir décoller une fusée et éclater un feu d'artifices. Un « Congratulations ! » de bon aloi vient saluer le mérite des champions.
La Game Boy offre des possibilités inépuisables. Lorsqu'un jeu est terminé, il suffit d'acheter une nouvelle cartouche pour que l'aventure recommence. Les Tortues Ninja prennent rapidement la relève de Tetris, suivies de The Rescue of Princess Blobette... Mais déjà la concurrence fait rage, et on cherche à détrôner la Game Boy. À grand renfort de publicité, Sega annonce une seconde révolution : la Game Gear, une console de jeux portable, mais en couleurs, cette fois.

« Qui c'est qu'a taillé la haie ? »

Diffusée par Canal+ dès 1993, la série « Les Deschiens » deviendra le rendez-vous incontournable de tous les collégiens. Rater un épisode est impensable. Dans la cour, nous n'avons de cesse de reprendre les répliques de ces Français moyens. Nos sketchs préférés sont ceux qui réunissent François Morel, Yolande Moreau et, bien sûr, le « gamin ». Seul intellectuel de sa famille, le gamin est la cible de toutes les brimades. Ose-t-il lire un livre ? La claque tombe : « C'est qui qu'a taillé la haie ? C'est ton Yourcenar qu'a taillé la haie ? »

Bien après « Les Deschiens »,
Yolande Moreau n'a rien perdu de sa superbe.

Ses parents, irréductibles fans du Tour de France, ne lui autorisent qu'un seul livre : les *Mémoires* de Poulidor.

Monsieur Morel mène aussi de grandes discussions avec monsieur Saladin, son acolyte – notamment à propos d'Internet. Ensorcelé par cette invention, monsieur Saladin la résume en ces termes : « Ils vont faire des autoroutes de l'information [...], ils vont tisser une toile d'araignée sur tout le pays, [...] des autoroutes ça passera par chez vous, ça passera par tout le monde. » Et le pragmatique François Morel de lui répondre : « Dites ! Ça vous chauffe pas un peu la tête votre *Sciences et vie* ? » Au collège, si le ton monte, c'est à coups de « Hé, dis, oh, hein, bon ».

Les goûters d'anniversaire se font en grande pompe.

Human Bomb

Le 13 mai 1993, un homme cagoulé, Érick Schmitt, fait irruption dans une classe de maternelle de Neuilly-sur-Seine. Il réclame une rançon de 100 millions de francs, faute de quoi il fera exploser la salle et ses occupants, soit 21 enfants et leur institutrice. De nombreux journalistes sont dépêchés sur les lieux. En quelques heures, l'affaire de la maternelle de Neuilly prend une dimension nationale. À la télévision, nous voyons des hommes du Raid se

Eurodisney, destination privilégiée des familles nombreuses.

Un chat toujours en vacances.

masser autour de l'école Commandant-Charcot. Nicolas Sarkozy, alors maire de Neuilly, ministre du Budget et porte-parole du gouvernement, arrive sur les lieux pour négocier avec « Human Bomb ». L'effet sensationnel est à son comble. Les images nous paraissent irréelles, les mots « explosifs », « prise d'otages » et « forcené » sonnent comme un poisson d'avril.

Le 15 mai, le preneur d'otages boit un café dans lequel un somnifère a été dissous. Il s'endort profondément. Huit policiers du Raid pénètrent alors dans la salle de classe et libèrent les enfants. Érick Schmitt est abattu lors de l'intervention. Les circonstances de l'assaut donnent lieu à une polémique : si les policiers affirment avoir vu Érick Schmitt bouger et s'être trouvés en situation de légitime défense, de nombreuses voix s'élèvent pour dénoncer une exécution sur ordre du ministre de l'Intérieur, Charles Pasqua.

Face à un assaut de chèvres, il est préférable de ne pas paniquer.

Une vie à la cafét'

C'est le nouveau concept d'AB Productions, une idée sommaire qui va pourtant frapper très fort. Lancée en 1992, la sitcom « Hélène et les garçons », diffusée sur TF1, réunit chaque jour de 4 à 6 millions de téléspectateurs. Plus qu'un succès, c'est un phénomène.
L'idée de départ ? Partageant une chambre dans un foyer, trois jeunes étudiantes parlent de trois jeunes étudiants et d'une fille de mauvaise vie, Nathalie, leur rivale et ennemie. Lorsqu'elles ne sont pas dans leur chambre, les filles sont à la cafét', où elles attendent les garçons. Jamais d'alcool, jamais de cigarettes, jamais de cours non plus. Chaque épisode dure une vingtaine de minutes, est parsemé de rires enregistrés et fonctionne en vase clos. Attablées à la cafét' devant une grenadine ou une menthe à l'eau, les filles s'interrogent sur les frasques de « Cri-cri d'amour », petit fanfaron au grand cœur. Aime-t-il sincèrement Johanna ? Et si Nathalie exerçait une mauvaise influence sur lui ? Heureusement, la sage Hélène est là pour régler les litiges et ajouter un peu de morale à une série qui n'en détient que trop.
Face au succès remporté par « Hélène et les garçons », les producteurs de la série décident d'étendre le concept et le déclinent en une rafale de sous-produits : « Le Miel et les abeilles », « Le Miracle de l'amour », « La Philo selon Philippe ». Et le public en redemande, s'arrachant même les singles que certains acteurs s'empressent de sortir. Les enfants et les jeunes adolescents cessent de se poser la question de leur orientation professionnelle : plus tard, ils seront clients de cafét'. Ce n'est pas un métier ? Si. La preuve.

La télé et nous

Nous apprécions toujours autant la télé. Sitôt les cours terminés, nous rentrons chez nous, Palladium aux pieds – ces grosses chaussures aux semelles fantaisistes à la pointe de la mode en 1994 –, « balançons » notre sac dans un coin, ouvrons un paquet de Chokini et regardons « Hartley cœurs à vif », « Melrose Place » ou « Coucou c'est nous », avant d'enchaîner sur une partie de Sonic ou de Super Mario Kart.

Et si « Ken le survivant » n'a finalement pas fait de nous des psychopathes, nous nous souvenons déjà avec tendresse des séances de spiritisme que nous inspirait l'émission « Mystères ». Nous disposions alors des lettres de Scrabble sur une table, amusés et anxieux à la fois – mais le verre cérémonieusement posé au centre restait toujours immobile.

Quant au cinéma, à côté d'énormes succès pour lesquels on nous trouve un peu jeunes (*Basic Instinct*, *Bodyguard*), certains films se chargent de flatter les enfants que nous sommes encore un peu : nous découvrons ainsi *La Belle et la Bête* en dessin animé, mais aussi *Beethoven*, ce chiot saint-bernard qui aboyait en entendant la *Symphonie n°5* du compositeur du même nom, ainsi que *Hook ou la revanche du capitaine Crochet*.

En 1993 sort *Les Visiteurs*, immense succès public qui comptabilisera plus de 13 millions d'entrées en France et fournira bien des répliques à nos joutes

Beethoven, un héros à notre mesure.

Dans « Hartley cœurs à vif », Costa Bordino, le cousin de Nick, monte le Sharkpool avec son frère Rocco, s'occupe de la carrière de Jodie et tombe amoureux de Katarina, avant de partir étudier aux États-Unis.

de cours de récréation. À cause d'une erreur de manipulation commise par un mage, le comte Godefroy de Montmirail et son écuyer, Jacquouille la Fripouille, se retrouvent propulsés en 1992. Tandis que le premier veut à tout prix rentrer chez lui pour épouser Frénégonde, sa promise, le second tombe amoureux d'une SDF, Ginette, à qui il promet monts et merveilles. Nous serons nombreux à rendre nos parents chèvres en allumant et éteignant la lumière au doux son de « Jour ! Nuit ! Jour ! Nuit ! », à nous exclamer « Qu'est-ce que c'est qu'ce binz ? » devant la moindre incongruité, et à faire taire nos interlocuteurs avec un fier « Silence, maraud, je parlemente. »

Pogo, têtes de mort et pull jacquard

Au collège, nous avons déjà des idées très précises en matière de mode. Nous écoutons Offspring et Nirvana, et nous nous voulons « grunge ». Mais assurément pas pour nous « donner un genre », ça non. Malheureusement, les idées de nos parents sont aussi précises que les nôtres, et elles ne coïncident pas forcément. Nous souhaitons des accessoires « têtes de mort », des jeans déchirés, des Converse, un bombers ou un coupe-vent, un jean orange ou jaune, un pantalon trompette. Ainsi

Le skate-board était alors fluo, et les t-shirt bariolés.

vêtus, nous irons sans complexe pogoter dans des boums.

Nous comprenons vite que, nos parents vivants, nous ne porterons jamais de jeans déchirés. Comment être grunge dans ces conditions ? C'est particulièrement « relou » de leur part, et « c'est clair » que nous sommes « grav'deg' » (« gravement dégoûtés »). Pourtant, certains compromis peuvent être trouvés, comme les Converse, le blouson en jean et le Bandana. Cependant, les efforts doivent aller dans les deux sens : nous voilà contraints d'enfiler « un joli pull jacquard » qui nous va « tellement bien ». C'est le début de la schizophrénie : un bas qui nous plaît avec un haut ridicule, ou l'inverse. Cela durera très longtemps.

Nirvana, emblème du grunge.

Le bûcher du Temple solaire

Le 5 octobre 1994, l'immolation collective orchestrée par l'ordre du Temple solaire alerte l'opinion sur les dangers du fanatisme. Entre le Canada, la Suisse et la France, 53 membres ont été fusillés, poignardés ou abattus avant d'être carbonisés. Les gourous de la secte, Joseph Di Mambro et Luc Jouret, s'expliquent sur leur geste dans une lettre envoyée au ministre de l'Intérieur : « Nous vous accusons, monsieur Pasqua, d'avoir prémédité un assassinat collectif [...]. Nous avons par conséquent décidé de quitter les plans terrestres prématurément car nous sommes conscients de votre volonté de détruire l'œuvre que nous avons accomplie... » Avant de se donner la mort, Joseph Di Mambro a filmé les dernières heures des membres de la secte, ainsi que le cadavre de son enfant et de sa femme. Horrifiés, les policiers suisses commentent les dernières images du carnage : « La caméra pénètre dans une chambre. Sur le lit, deux fillettes semblent paisiblement dormir, couchées sur le dos, un nounours à côté d'elles. Elles ne respirent plus. La caméra bouge encore une dernière fois : non loin de là gît Jocelyne Di Mambro, un œil entrouvert, la bouche légèrement tordue, fauchée par la mort. » Ils ignorent alors que ce drame préfigure une série de massacres, dont les suivants seront perpétrés en 1995 et en 1997.

1995-1998

Pauvres humains

Les plus grands partent désormais seuls en vacances.

Génération Mitterrand

Le 8 janvier 1996, la mort de François Mitterrand est à la une de tous les journaux. Nous sommes en classe de seconde et l'événement est largement commenté. L'expression « génération Mitterrand » prend alors tout son sens. Même si nos opinions politiques divergent, nous ne pouvons nous définir autrement. Si Jacques Chirac est désormais président, nous

Chronologie

30 mai 1995
François Mitterrand inaugure ce qui fut le chantier le plus ambitieux de son septennat : la Bibliothèque nationale de France (BNF), conçue par l'architecte Dominique Perrault.

1997
James Cameron triomphe avec *Titanic*. Nommé pour quatorze Oscars, le film en reçoit onze, égalant ainsi le record détenu par *Ben-Hur*.

1997
Jacques Chirac dissout l'Assemblée et doit se résoudre à la cohabitation. Lionel Jospin est nommé Premier ministre.

23 février 1997
Premier mammifère cloné de l'Histoire, Dolly devient la brebis la plus célèbre du monde.

11 mai 1997
La machine a définitivement surpassé l'homme. Deeper Blue, un ordinateur mis au point par des ingénieurs d'IBM, inflige une défaite à Garry Kasparov, champion du monde d'échecs.

1er juillet 1997
Hong Kong est restituée à la Chine.

15 juillet 1997
Le célèbre couturier Gianni Versace est assassiné devant sa villa de Miami par un tueur en série, Andrew Cunanan.

4 août 1997
Jeanne Calment, doyenne de l'humanité, s'éteint à l'âge de 122 ans, 5 mois et 14 jours.

28 février 1998
Le film *On connaît la chanson*, d'Alain Resnais, décroche sept Césars. Certaines trouvailles du film feront date, notamment le sujet de la thèse du personnage interprété par Agnès Jaoui, consacrée aux « chevaliers paysans de l'an mil au lac de Paladru ».

8 avril 1998
Mort de René Pellos, célèbre pour avoir dessiné Croquignol, Filochard et Ribouldingue, plus connus sous le nom des « Pieds nickelés », sympathiques fainéants à l'imagination fertile.

22 octobre 1998
Exilé en Suisse, Maurice Papon, haut fonctionnaire sous l'occupation allemande, est arrêté à Gstaad et transféré à la prison de Fresnes.

À l'occasion de l'enterrement de François Mitterrand, la France découvre le visage de Mazarine Pingeot.

avons vécu deux septennats sous François Mitterrand, autrement dit toute notre vie, et il reste pour nous tous l'emblème de la République.

Aussi sommes-nous particulièrement choqués de voir des photos de lui sur son lit de mort. De nombreux débats se tiennent au lycée : un président a-t-il le devoir de s'exprimer sur sa maladie durant l'exercice de ses fonctions ? L'existence de Mazarine Pingeot devait-elle être révélée au public ? Cette jeune fille, que nous découvrons pour la première fois lors des obsèques du président, devient le point de mire de tous les journalistes. Pourtant, on dit que « tout le monde savait ».

Le pont de l'Alma

« D'un carrosse doré dans la liesse londonienne à une Mercedes fracassée dans la nuit parisienne, destin décidément tragique pour Lady Diana. À 36 ans, la princesse s'est tuée dans un accident de voiture… » C'est par ces mots que Bruno Masure ouvre le journal télévisé d'Antenne 2 du 31 août 1997, laissant abasourdis les rares téléspectateurs non encore informés de la nouvelle.

L'accident s'est produit dans la nuit. La Mercedes qui transportait Lady Diana s'est engouffrée sous le pont de l'Alma à une vitesse estimée à plus de 150 kilomètres / heure, avant de s'encastrer dans un pilier. Transportée à l'hôpital de la Pitié-Salpêtrière dans un état désespéré, la princesse n'a pas survécu à son opération.

Les paparazzis sont rapidement mis en cause : le chauffeur de la princesse aurait accéléré afin de les semer. En France, l'embarras est palpable. Jean-Pierre Chevènement, alors ministre de l'Intérieur, improvise dans l'urgence un discours en hommage à Lady Di : « Lady Diana était une personne très aimée en France, une femme moderne, courageuse, sensible à la détresse humaine… »

Le procès fait à la presse à scandale laissera rapidement la place à diverses théories du complot, dont une attribuant la mort de la princesse aux services secrets britanniques. Ils auraient été chargés de la supprimer sur ordre de la famille royale, pour l'empêcher d'épouser Dodi Al-Fayed, un riche Égyptien.

Sous le pont de l'Alma, la voiture de Lady Diana n'est plus qu'un amas de tôle.

Avant d'aller surfer…

Rire jaune

En 1997, le deuxième volet de *Scream* sort au cinéma. À l'entrée, nous sommes un peu vexés lorsque l'ouvreuse nous demande notre carte d'identité : bien sûr que nous avons plus de 16 ans. La scène de début se déroule dans un cinéma, justement. Dans les toilettes, un acteur se fait perforer le tympan avec un tournevis. Dans le cinéma, certains portent le masque du tueur, dans une ambiance de franche rigolade. Pour beaucoup, ce film est avant tout une comédie simplement destinée à nous faire sursauter. Quant à moi, je ne ris pas, et guette la sortie la plus proche…

À la retraite, les aînés prennent le temps de vivre.

La trilogie *Scream* en aura fait hurler plus d'un.

Plus tard, en décembre de la même année, un fait-divers fait la une des journaux : à Los Angeles, un jeune homme s'est inspiré du tueur de *Scream* pour assassiner sa mère. Au lycée, l'événement fait l'effet d'une bombe. C'est impensable, quelqu'un l'a fait pour de vrai ! Ce ne sera que le début d'une longue série : plusieurs crimes seront commis selon le même *modus operandi*. Preuve que cette « comédie » n'était définitivement pas drôle pour tout le monde.

Dans un tout autre registre sort, en 1995, *La Cité des enfants perdus*. Dans ce film très sombre réalisé par Marc Caro et Jean-Pierre Jeunet, Krank, un vieux misanthrope, vit sur une île artificielle protégée par des champs de mines, entouré de clones. Il fait enlever des enfants perdus pour leur voler leurs rêves. Ceux-ci, emmenés par Miette, une fillette maligne et débrouillarde, ne tarderont pas à se rebeller. L'ambiance glauque du film ainsi que certaines scènes, comme celle des deux siamoises dont l'une tire sur une cigarette et l'autre recrache la fumée, hanteront les cauchemars de bien des spectateurs.

Les balbutiements du Pacs

Nés en 1980, nous n'avons pas connu d'importantes réformes en matière de droit de la famille, les principales ayant été accomplies dans les années 1970 (légalisation du droit à l'avortement, instauration du divorce par consentement mutuel). C'est pourquoi nous sommes particulièrement curieux des débats qui entourent la création d'un Pacte civil de solidarité (Pacs). Les déclarations de Christine Boutin nous sidèrent. La députée UDF tiendra conférence plus de cinq heures durant à l'Assemblée nationale. Avant de brandir la *Bible* en direction du perchoir, elle se répand en allégations fracassantes : « Toutes les civilisations qui ont reconnu et justifié l'homosexualité comme un mode de vie normal ont connu la décadence. » « Qu'est-ce donc que l'homosexualité, sinon l'impossibilité à atteindre l'autre dans sa différence sexuelle ? Et qu'est-ce que l'impossibilité d'accepter la différence, sinon l'expression de l'exclusion ? »

Érigée en symbole de l'homophobie, la députée, jusqu'alors quasiment inconnue, s'attire les foudres des militants d'Act Up et devient la cible privilégiée des « Guignols de l'info », qui singent ainsi son propos : « Les homosexuels, ce sont tous des pédés ! » De notre côté, nous sommes plus que surpris de voir une *Bible* brandie dans une république laïque. Nous sommes aussi impatients de connaître l'issue des débats : il n'est pas impossible que nous soyons à l'aube de grands bouleversements, et nous ne sommes pas habitués à voir notre société changer.

Ascension de la dune du Pyla.

L'équipe de France savoure sa victoire.

Champions du monde

Une semaine après les résultats du bac survient un autre événement de taille : l'équipe de France de football est en finale de la Coupe du monde, et s'apprête à affronter le Brésil. En 1998, il est absolument interdit de ne pas s'intéresser au football. Le sport a réconcilié les genres. Journaux sportifs, journaux de droite, journaux de gauche, journaux satiriques, magazines people comme presse féminine, tous titrent sur le football. Certains commentent les performances sportives et établissent des pronostics, d'autres dissertent sur le look des footballeurs, d'autres encore palabrent sur les compagnes des sportifs, généralement des mannequins. Nous avons beau être hermétiques au football, impossible d'y échapper.

Le soir du 12 juillet 1998, le pays est en bleu-blanc-rouge. Les façades des commerces sont tapissées de maillots bleus, des photos géantes de

Fabien Barthez, Zinedine Zidane ou Lilian Thuram sont placardées sur les murs, et Paris n'est plus qu'un immense terrain de foot. Nous regardons le match, bien sûr – nous n'allons pas être les seuls Français à l'avoir manqué. À 22 h 54, la France est championne du monde. « Ah ! C'est superbe, commente Thierry Rolland, je crois qu'après avoir vu ça, on peut mourir tranquille ! » Les Champs-Élysées sont assaillis, l'arc de Triomphe illuminé, les Bleus ne sont plus des joueurs, mais des dieux.

Debout les morts !

Le 11 mars 1998, le corps d'Yves Montand est exhumé du cimetière du Père-Lachaise. Prise par la cour d'appel de Paris, cette décision suscite en France des réactions indignées. Elle a été rendue possible par la réforme du droit de la famille en 1993 et par les lois sur la bioéthique votées en 1994. Il est devenu légal de perquisitionner les tombeaux et de faire lever les cadavres pour les contraindre à avouer leur histoire. À la paix des morts, on répond désormais : paix des familles. L'affaire est d'autant plus affligeante qu'elle repose en grande partie sur des considérations financières. La plaignante, Aurore Drossart, qui affirme être la fille d'Yves Montand, évoque son désir de connaître la vérité, mais aussi ses réelles intentions : « Je ne vois pas pourquoi je n'aurais pas droit à une partie de cet héritage. » Accompagnée par sa mère, elle s'épanche sur divers plateaux de télévision et fait tourner la tête des journalistes de la presse à scandale, qui se perdent en conjectures : « Il y a bien une ressemblance, là… au niveau du nez… » Le 12 juin 1998, le verdict tombe, sans appel : les tests ADN, fiables à 100 %, révèlent qu'Yves Montand n'est pas le père d'Aurore Drossart. Le rapport, daté du 22 mai 1998, signé par les trois experts mandatés par la cour d'appel de Paris, ne laisse planer aucun doute. Anne Drossart et sa fille quittent rapidement les écrans de télévision, Montand retourne à son sépulcre. La vérité a triomphé, mais pour ce qui est de la dignité, rien n'est moins sûr…

Une ressemblance au niveau du nez ?

Clichés

Le lycée est l'époque des premiers voyages linguistiques, dont les destinations les plus fréquentes sont l'Allemagne, le Royaume-Uni ou l'Espagne. Ma classe embarque à Calais et prend le ferry pour Douvres. Sur place, nous sommes hébergés par des familles d'accueil. Nous leur demandons l'autorisation de passer un coup de fil pour prévenir nos mères de notre arrivée, et nous faisons l'expérience de notre premier choc culturel. « French mothers... ! », nous répond-on avec un fin sourire. Nous comprenons qu'outre-Manche, nos mères se sont taillé une sévère réputation de mères poules.

Les jours passent entre stupéfaction de voir des écoliers en uniforme, visites guidées et quartiers libres. Nous fréquentons des pubs qui donnent directement sur la plage. La mer est démontée, il fait un froid glacial. On nous avait prévenus : en Angleterre, il fait un temps épouvantable et on mange de la gelée à tous les repas. Tout s'avère vrai.

Modèle préhistorique de planche à voile.

L'année Malraux

Dans le couloir qui mène au bac de français, notre tout premier examen oral, nous ne sommes pas rassurés. Nos feuilles étalées sur le parquet, nous tentons de retenir les derniers mots clés. « Tu crois que je devrais enlever mon piercing ? » nous demande une amie. « Oui », répondons-nous sans hésiter.

À l'occasion des vingt ans de la mort d'André Malraux, ses cendres ont été transférées au Panthéon, Jacques Chirac a célébré son parcours d'autodidacte – « Vous êtes l'homme de l'inquiétude, de la recherche, de la quête, celui qui trace son propre chemin » –, les hommages se succèdent à la télévision et *La Condition humaine*, récompensée par le prix Goncourt en 1933, est au programme du bac. Persuadés d'être interrogés sur Malraux, nous avons concentré nos révisions sur lui. Nous connaissons tout du Kuomintang et de Tchang Kaï-chek, nous savons les enjeux, les sacrifices et les charniers d'une révolution. Mais pour ce qui est du reste du programme…

Je serai une des rares malheureuses à plancher sur Gérard de Nerval. Mais c'est pourtant l'année Malraux ! aurais-je voulu objecter. L'année Malraux !

Les jardins du silence

Le 25 novembre 1997, notre classe apprend que Barbara est morte. C'est notre professeur de philosophie, qui lit toujours le journal en attendant que nous nous installions, qui nous annonce la nouvelle. Nous sommes sans voix. Les mots de la chanteuse nous reviennent : « Quand ceux qui vont s'en vont aller / pour toujours et à tout jamais / au jardin du silence / sous leur froide maison de marbre / dans les grandes allées sans arbres ». « Vous la connaissiez ? », demande

Des casiers ! Comme dans les séries américaines !

le professeur. Si je connaissais Barbara ? Je ne connaissais qu'elle. Mais je ne réponds pas. Une de mes ennemies, qui m'a, par le passé, traitée de « nihiliste primaire limitée », s'en charge pour la classe. « Oh oui : *Ma plus belle histoire d'amour c'est vous*, *L'Aigle Noir*... ». Je l'invective mentalement. Une fois de plus, elle veut juste « la ramener ». Quelle imposture. Orpheline de Barbara, je formule pour elle un vœu, du fond de ma salle de classe : « Que vos étés se fleurissent dans votre pays, là-bas. »

Qui n'a pas eu plus d'une fois l'air de *Torn* dans la tête sans parvenir à s'en débarrasser ?

Dans le tiroir de mon bureau

Chaque année, au lycée, une fête est organisée dans une boîte de nuit : nous achetons nos places dès la mise en vente. Nous nous retrouvons d'abord chez une copine pour nous préparer. En 1997, j'ai les cheveux courts pour ressembler à Natalie Imbruglia. C'est raté. Mes cheveux ont tendance à boucler et quand il pleut, je ressemble plutôt à Nelson Monfort.

Après divers essais de vêtements, nous partons en petit groupe dans un bar pour boire de l'alcool, histoire de nous mettre en forme. À l'époque, bien que mineurs, nous n'avons aucune difficulté à nous faire servir alcool et cigarettes et nous arrivons à la soirée éméchés. Lorsqu'à l'entrée, le vigile nous demande nos billets d'entrée, un éclair me traverse. Ce billet, que j'avais tellement peur de perdre, est resté dans le tiroir de mon bureau. Anéantie à l'idée de manquer l'évènement de l'année, je fais appeler notre professeur d'allemand, qui supervise la fête. Confuse et maladroite, je lui explique la situation. Je sais qu'il m'apprécie plutôt, parce que je glisse toujours dans mes dissertations « Ich pfeiffe darauf », autrement dit : « Je m'en tape. » Il s'en amuse. Magnanime, il me fait entrer. Sauvée !

L'océan a parlé

« D'abord, j'ai frotté la gourmette avec le pouce pour lire "Antoine". Quand est apparu "de Saint-Exupéry-Consuelo", j'ai cru qu'il s'agissait d'une blague. » Voilà comment Jean-Claude Bianco, un pêcheur marseillais, relate sa stupéfiante découverte. Le 7 septembre 1998, à proximité de l'île de Riou, le pêcheur a remonté par hasard dans ses filets l'un des trésors les plus recherchés du siècle. S'il ne faisait plus aucun doute que Saint-Exupéry avait péri dans un accident d'avion le 31 juillet 1944, un grand mystère planait autour de sa disparition. Malgré un déploiement de moyens considérable, l'épave n'avait jamais pu être découverte.

Cette gourmette, qui porte en outre le nom et l'adresse des éditeurs de Saint-Exupéry, vient certifier que l'avion de l'illustre aviateur s'est bel et bien abîmé, plus de quarante ans plus tôt, dans la Méditerranée. Ce n'est qu'en 2000 que des restes de son appareil, un Lockheed P-38 Lightning, parmi lesquels le train d'atterrissage, des morceaux d'hélice, des éléments de la carlingue et du châssis, seront enfin tirés des eaux. Quant au corps de Saint-Exupéry, il n'a jamais refait surface, ce qui rapproche son destin de celui du Petit Prince, également disparu sans laisser trace de son passage sur Terre. Sur cette disparition, l'auteur se voulait rassurant : « Mais je sais bien qu'il est revenu à sa planète, car, au lever du jour, je n'ai pas retrouvé son corps. »

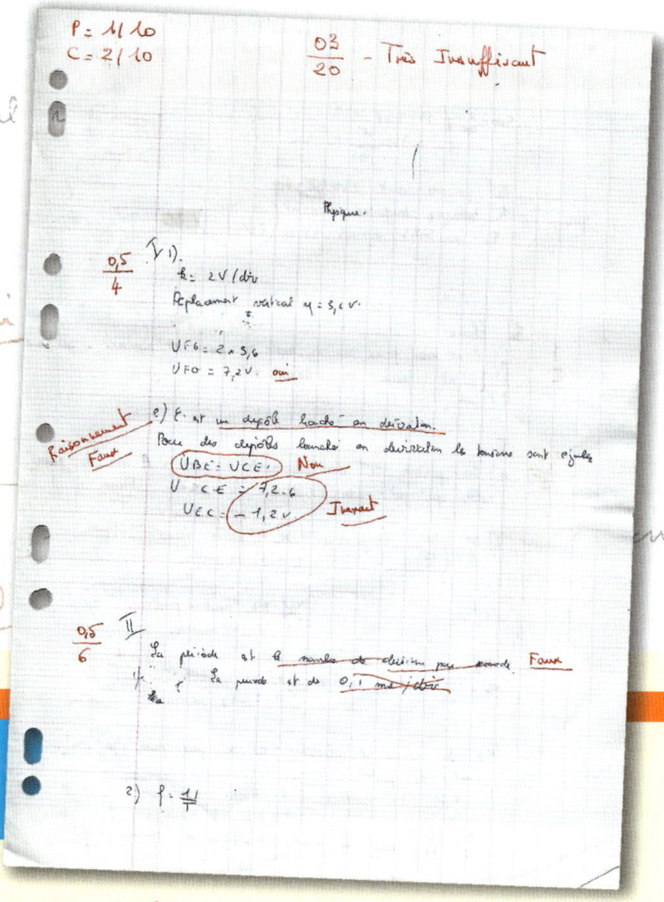

La physique, une punition…

Gestion des affaires courantes

En terminale, les questions sur notre avenir pleuvent. Que voulons-nous faire ? Tout. Mais pas longtemps. Nous pressentons confusément qu'une invincible bougeotte nous poursuivra bien au-delà de ces murs. Nous lisons des guides sur l'orientation professionnelle. Nous en possédons toute une collection : *Que faire avec un bac L ?* ; *Que faire après des études de droit ?* ; *Comment devenir journaliste ?* ; *Travailler dans la publicité* ; *Les Métiers du spectacle*… D'après les Shadoks, « Quand on ne sait pas où l'on va, il faut y aller le plus vite possible ». Dans ces conditions, nous sommes prêts à foncer.

Mais pour le moment, la lecture du roman *L'Éducation sentimentale* me fait craindre de devenir un succédané du héros de Flaubert : une ratée, une inachevée. Je prends désormais en main la « paperasse » et signe, à la place de mes parents, copies et carnet de correspondance. Je ne doute pas de me faire surprendre, j'en ai l'habitude ; mais en attendant, j'ai la paix.

Un mois avant le bac, nous sommes tout de même nombreux à prendre peur et à nous lancer dans des révisions de forçat. Nous mettons notre réveil à minuit, après trois heures de sommeil, afin de nous ménager de longues plages de révision. Si certains parviennent à alterner séances de travail et distractions, d'autres restent figés une heure sur la même

Le Père Noël revient pour la nouvelle génération.

phrase ou dépiautent pensivement un stylo. Nous révisons couchés à plat ventre, devant « Histoires naturelles » ou le JT de la nuit, dopés au Guronsan. Éric Tabarly vient de disparaître en mer. Va-t-il s'en sortir ? Nous ne cessons d'établir des plannings pour rattraper le temps perdu. Une semaine avant l'échéance, nous sommes devenus fous à lier et envisageons de ne pas nous présenter le jour J. De toute façon, dans tout ce désordre, nous avons perdu notre convocation. « La vie devient une chose délicieuse aussitôt qu'on décide de ne plus la prendre au sérieux », professe Montherlant. Nous n'avons rien à ajouter.

On a eu son bachot ?

Souvenez-vous de vos **premières années...**

Nous, les enfants de...

68 titres, **de 1923 à 1990**, sont **déjà disponibles !**

Grandir à... / Notre enfance

Retrouvez la région ou **la ville** qui vous a vu grandir.

Souvenirs d'enfance

Revivez l'ambiance des années **1950 et 1960** en France !

De nombreux autres titres sont en préparation.
Pour plus d'informations, retrouvez-nous sur notre site : www.editions-wartberg.com

Éditions Wartberg
40, rue de l'Échiquier
75010 Paris

Diffusion – Distribution SOFEDIS
11, rue Soufflot,
75005 Paris
Tél. 01.53.10.25.25, Fax 01.53.10.25.26